KB130159

치마들은 마주 본다 들추지 않고

희음

시인의 말

글자들이 어디서 왔는지 모르겠어서 계속해 봤습니다
계속하다 보니까 목소리가 들리는 겁니다
알아들을 수 없는 말 뒤에는
늘 사람이 있었습니다

2020년 9월

희음

치마들은 마주 본다 들추지 않고

차례

1부

2부

1부

동거

이런 너의 목소리가 들린다
소리가 들려 뜻밖의 새소리
나는 아직 안 끝났구나

남겨질 것들, 이라고 네가 말할 때
나는 나만 생각하면서 슬펐다

내가 울 때 왜 너는 따라서 울지 않는지
눈물을 키우는
나의 얼굴 앞에서
생각과 슬픔이 가능하다는 건 어떤 것인지
너는 묻고 있었을까

도시와 새가 아직도 서로를 밀어내지 않는 게 신기해

너의 표정을 이해할 수 없어 나는 앓았지만
이제 그걸 따라서 하는 내가 있다

남겨진 것이 남겨진 채로 있는 것은 좋지 않아
남겨진 이후에는
남아야 하지

없는 것과도 잘 살아갈 수 있다는 게 신기해

회벽들 틈에서
날개를 접고 우는 새가 있고

나는
새의
울음을
본다

한 자세로 오래 있지 않기

개는 자꾸 뭘 물어 왔다.

난 막대기가 싫다고 말했다. 오래된 마음이라고 했다.

어제, 친구 하나가, 나무젓가락으로 흙바닥을 파헤치던 우리의 놀이에 대해 이야기했다. 옛날의 얼굴로. 그것이 가장 부드러운 얼굴이라는 듯이. 우리가 아니라 너라고 나는 말했지만

종일 적당한 표정을 찾지 못하고

밤부터 토했다. 눈을 감아도 토사물 속 예쁜 붉은빛이 시야에서 사라지지 않았다. 종아리만 계속 주무르며,

지쳐 절뚝이는 개에게, 아무래도 자꾸 돌아오는 개에게는 뭐가 더 좋은 걸까.

그러나 나는 이미 멀리까지 던져 주고 있었다.

달리는 너에겐 얼굴이 없구나.

적색 풍선을 불고, 그 앞에서 어쩔 줄 몰라 하는 네게
서 그것을 서둘러 거두고,

샤베트가 먹고 싶었다.

자세를 바꾸고 싶어졌다. 좋은 친구라고 말해 주었다.

스프링 노트의 스프링 홀

스프링을 벌리는 건 인호가 잘했다.
살아남은 구멍을 세는 일은 진욱이가 맡았다.

인호의 빨간 손바닥이 캄캄한 두 시의 숨소리를 얻
을 때까지
우리는 마당을 쓸었다.

뒤통수에게만 인사했다.
귀여워, 개들은
입 가리개를 하고
우리 중 하나의 손끝을 노려보았다.

빗속을 달리는 기분이 되고 싶다.

하나가 말하면 등이 아팠다.
끄덕이는 하나를 겨우 피해
저녁이 왔다.

스프링 노트를 펼쳐야 한다.

각자의 일인용 책상 위에서 우리는 불탄 화분으로

놓여.

마스크 안쪽이 가렵다.

비를 노려본다. 너무 먼 것들과

맞잡을 손이 없는 것들.

우리는 언제쯤 인사를 잘하게 될까.

하나가 끝나면 하나를 뺀 나머지가 남아 있었다.

개가 지나간 자리마다 침이 흥건했다.

창문의 쓸모

오래된 냉장고에게 인사한다

뼈밖에 남지 않은 아버지였는데
그렇게 무거울 수가 없었다

사랑에 빠졌다고 떠벌리고 다녔는데
꿈에는, 죽은 아버지의 발목만 보였다

모르는 손을 따라 내 손이
북두칠성을 가리키고 싶어서

애인이 아는 숲으로 갔다

햇빛과 바람을 들이지 않고
난간의 화분들을 버려두어도
애인의 얼굴은 돌아오지 않았다

말이 많은 애인을 찾아다녔다

혈색이 좋은 목소리를 쫓아다녔다

창문은 언제든 열어젖힐 수 있지만
창문을 통해 걸어 나갈 수는 없는 거다
무릎을 안으며 아버지는 중얼거렸다

다음 사람에게
냉장고를 물려주고 인사나 받을까
나는 매일 따라가 누웠는데

백색소음에도 뼈가 만져지는 날이 있었다
기대어 있기 좋아
난간 위에 올라 내려다보길 두 번 세 번
현기증이 났다

(불)가능한 추방

입속에서 두부를 으깨며 너는 한 눈을 찡긋 감는다. 내일은 죽은 아빠에게 가자고 한다. 네 잿빛 혀는 아직도 잿빛이다.

도마 위에 남아 있는 두부는 빨갛다.

나는 그 두부와 아무런 상관이 없다. 두부와 비석과 남겨진 밤들은 우리의 외출과는 거리가 멀다. 무덤가의 풀들과 꽃무리 위로 개들의 오줌이 뿌려지는 꿈. 무덤 위에서 여럿과 차례로 사랑을 나누는 꿈. 등에 묻은 오줌을 씻어낸다. 물보다 맑았다.

내게 넣었던 손가락으로 너는 남은 두부를 집어 든다. 붉은 것으로 가득 찼으나 너의 혀는 여전히 잿빛.

더 많은 빛이 필요해. 커튼을 뜯는다. 건너편 공터 위에 인부들이 모여 있다. 바닥이 붉은 면장갑을 끼고 인부들은 웃고 있다. 여기서 그만 나가 줘. 창유리에 대고

나는 중얼거렸다. 돌아서면 도마 위 두부가 보였다. 각
진 두부는 처음 그대로 있다.

　방 안의 모든 것이 다 그대로였다.

이후의 잔

낮에는 취합니다.
백열등을 밝힙니다.
보이지 않는다면, 이라고 말합니다.
찾아지지 않는 그 사람 말입니다.

보이지 않게
낮과 빛이 서로를 노려보니까

나는 그 사이에서
잔을 들고 잔 든 손을 부끄러워하면서
잔처럼 작게 쪼그려 앉습니다.

낮이 망령이라면 빛은 그림자입니다.

그 중 더 분명한 쪽이 내게 있으니까
　손으로 손을, 뺨으로 어깨를, 혀끝으로 입술을 확인
합니다.
　하지만 어느 쪽이 더 차갑거나 뜨거운지 알 수 없습

니다.

혀끝을 되돌립니다.
지나고 흐르고 돌아오는 것이라면
시간에 맡긴다는 것, 시간이 해결해 준다는 말은 무
엇입니까.
이것은 잔이 눕는 방향에 대한 물음입니다.

흘려 넣습니다.
물기 없이 말라 있는 물음 안으로.

시린 눈을 감으면 흑점이 떠다닙니다.
그것은 지구 저편에 있는, 내 친구들의 취한 발자국
일까요.

기분이 좋아 한 잔 더 마십니다.

보물찾기

집에 가자고 나는 말했다

등을 돌리고 오빠는
바위 틈새들만 유심히 살폈다

나는 매일 숲으로 만나러 갔다

이를 빛내며 오빠는 웃었다
점점 더 자주 웃고
웃어 보일 흰 이가 모자라다는 듯이
오빠는 말라 갔다
보여? 뼈들이
빛에 겨워 반짝이는 거?

구덩이가 늘었다
그 안엔 희고 앙상한
쪽지가 가득 담겨 있었다
펼치다 말았는지

접다 말았는지
알 수 없었다

알 수 없는, 숲
모서리
그것들은 모조리
칼날 같구나

거듭 오빠의 얼굴 앞에 섰다

입술은 얼어서 떨어지지 않는데
누가 어느 구멍으로 바람을 불어넣는지
나는 자꾸만 몸이 부풀었다

갇힌 말은
입속에서 영원히 사는지
살기도 전에 죽어버리는 건지
알 수 없었다

바짓단과 소맷단을 접어 올렸다
피가 돌지 않을 때까지

이 숲에게 줄 것이 너무 없구나

길게 눈을 감았다 뜨면
튼살이 늘었다

나는 가족을 두지 않았다

종합병원 구내 이용원

검지 끝에서 핏방울이 돋는다.
당이 너무 높네요,
다 기분 탓이야, 머리가 너무 자랐거든,
가자, 가자,
휠체어가 행렬들을 힘차게 앞지른다.

이제 다 됐습니다,
노란 얼굴이 노란 얼굴 안쪽의 노란 눈을 바라본다.
홀 바닥에는 머리카락과 살비듬이
흩어져 있다.
그것을 쓸어 담는 쓰레받기가 있다.

건너편 거울 안, 어리고 창백한 민머리 위에
가느다란 손 하나가 울음을 얹는다.
안됐구나 저 아이, 아이를 두고
우리는 가자, 우리는 어서 이곳을 빠져나가자,
휠체어가 행렬들을 힘차게 앞지른다.
가자, 우리는 어서 가자,

금니가 힘차게 반짝인다.

여전히 금니는 홀로 반짝이고
금니 주변에는 잿빛 가루가
흩어져 있다.
그것을 쓸어 담는 쓰레받기가 있다.

없을 것은 이제 없고
멀찍이 축축해진 얼굴이 있다.
무서운 속도로 마르는 얼굴이 있다.
손을 놓고 오르는 발이,
버려두고 새로 잡는 손이 있다.

유리 판자

부서져 내리는, 반짝이는 소리를 들었다
한 사람이 없는 경우를 생각했다

물에 젖은 울퉁불퉁한 방을 생각했다
알던 것과 아는 것은
다른가, 어떻게 다른가를 생각했다

숨을 참아 보았다
얼마나 오래 그럴 수 있는지
참지 못하게 되어 버린 순간에는
어떤 생각을 하게 되는지

장난을 쳤다
종일 생각에 잠겨도
그것은 장난밖에는 안 된다는 것을
알았다
알기 싫었다
수렴되기 싫었다, 이것은

내가 아니라 슬픔이 하는 말이에요

바람을 쏘이고 오는 게 어때?
기분도 좀 풀고

기분이라는 건 뭘까요? 정확히
한 사람이 없는 경우를,
한 사람이 썩는 경우를 생각했다
바닥이 천천히 내려앉는 경우를 생각했다

일반이 된 말들은 어느 길을 따라 투명으로 돌아가나
부서진 날카로운 조각들은 어디에 담기나
들여다보았다 피맺히는,
끝이 없는 발바닥이 있었다

Mass

우리는 웨이터가 있는 곳으로 간다. 기다리는 웨이터, 돌아오는 웨이터, 눈빛의 자리에서, 손끝의 자리에서, 불을 밝히고, 손을 모으고, 각진 검은 정장을 하고, 우리가 기다리는 걸 함께 기다리는 웨이터에게로. 빛의 웨이터, 구원의 웨이터. 웨이터는 각진 검은 정장을 고쳐 입고, 묻고, 되묻고, 언제나처럼, 돌아올 것처럼, 돌아서 가는, 웨이터의 등 뒤에서, 우리는 목소리로만 더듬고 또 더듬고. 이곳은 너무 캄캄해. 웨이터, 웨이터, 목소리는 빛처럼 칠흑을 따라 번져 가는데, 웨이터는 없고, 목소리로만, 우리는 기다리고, 웨이터, 웨이터, 조금만 더 우리는 기다려도 되나요. 보이지 않는, 만져지지 않는 우리를, 우리가 찾아 돌아오도록, 웨이터, 웨이터, 부르면서 우리는, 웨이터, 웨이터, 다른 것이 될지도, 더 좋은 다른 것이, 될지도 모르죠.

삼킨 것들

터널, 이라는 말이 생각나지 않았다 당장 생각나지 않아도 언젠가 생각나면 괜찮은 거라고 그랬다

타르코프스키 영화를 보고 구를 듯이 웃었다

언덕에 올랐다 보이지 않는 마을을 바라다보았다 바라다보아도 보이지 않던 마을을, 바라다만 보다가 바라보던 쪽으로 나는 걸어갔다 길을 따라가면 무엇이든 나온다

차가운 단어들이 사라지지 않았다 그것들을 종이에 적어 태웠다 그 재를 섞어 마시면 잊을 수 있다고 했다

살을 발라내지도 않고 삼킨 것들이 내겐 이미 많았지만

터널, 이라는 말이 생각나 복도를 따라 달렸다

그곳에는 죽은 나무들과 살아 있는 나무들이 함께
타오르고 있었다

비상구 불빛을 막고 서 있는 건 달리는 사람이었다

달리는 사람은 막고 선 채로, 달리는 내게서 자꾸 멀
어졌다

도로 끝, 그리고

'도로 끝'이라는 팻말 앞에 너는 서 있었다.
　누가 팻말을 치우러 와 주기라도 약속한 것처럼,
　누가 팻말을 치우고 나면 도로 끝은 도로 끝을 끝내
고 도로로 돌아가기라도 할 것처럼.

　겨울이 찾아왔다.
　찾아왔다는 말은 겨울과 가장 잘 어울렸다.
　너의 얼굴이 있었다. 눈동자로도 겨울을 맛보듯
　너는 눈을 빠르게 깜빡거리고 있었다.
　그런 너를 따라하는 내가 있었다.

　우리는 걸었다. 쉽게 배가 고파졌지만
　하품만 하며 걸었다. 입천장 끄트머리를 타륵타륵
때려 가며 목젖을 떨었다.
　겨울에게 미안하단 말은 하지 않았다.
　대신 멈추어 섰다.

　도로 끝. 위험.

- 위험이란 뭐지?

- 문드러지거나 깨지는 거? 거기서 끝나거나 그 이후 론 아무것도 없는 것이어야 하는데, 그러고도 계속되는 거.

- 그럼 위험은 끝이랑은 반대네? 어쩌면, 끝은 좋은 거네?

그럼 우리는? 우리의 끝은?

- 우리는 겨울과 같지 않을까? 어디에 있어도, 어디에 숨어도 계속 찾아오는 거.

- 끝이 안 난다는 거네? 그럼 우리는 위험한 거네?

우리 각자가, 아무것도 없는, 그것이 되면?

- 아니, 남을 거야. 겨울 입자로.

너는 팻말을 보고 웃었다.

그리고 네가 남겨졌다. 네가 거기에 서 있었다.

겨울이면 태어나는 이야기가 있다.

겨울이 데리고 오는 이야기와 겨울이 쓸어 가는 이

야기와 겨울이 버려두고 가는 이야기가 있다.

도로 끝에서 계주용 총소리를 듣는 아이들이 있다.
수평으로 휘몰아치는 눈보라처럼 어디로든 날아오
르는 머리가 있다.

라이프

플래시를 비춰
죽은 너에게 그림자를 지어 준다
심심하면 발끝을 틀었다
너는 나의 오후가 되었다 새벽이 되었다

2부

아프지 않게 조금씩 버려지는 코뼈

눈앞에는 지우개가 있다 지우개를 밀어놓고 그러나
너무 멀리 밀치지는 않고 나는 쓴다 지우개가 남긴 뭉
툭하고 못생긴 가닥들

아프지 않게 조금씩 버려지는 거다 조금 웃는 것 같
다 숨죽인 낱말들 지우개 아래에 놓인 낱말들

지우개의 몸으로 빠르게 옮겨 가는 거 누군 똥이라
부르고 누구는 가루라 하는 그것 속으로 숨어드는 거
다음을 사는 거

네가 입을 닫아버리면 어디선가 지우개 냄새가 나
는 것도 같았다 더 이상 네가 나를 바라보지 않을 때
쓰고 싶어져버렸다 지워져버리기 위해 쓰고 싶었다 종
이가 찢기도록 엄지와 검지에 힘을 주고

내 눈앞에서 일그러지는 너의 코뼈를 사랑한다 아
름다운 너에게 사랑한다는 말을 아주 많이 하고 싶었

고 무심결에 건네져버린 그 사랑한다는 말을 꼬박꼬
박 돌려받고 싶었다

　지우개는 아무런 감정이 없다 손 안의 기억을 손 안
의 것으로만 기억하고 싶다 머잖아 아픔을 느끼지 못
하게 될 수도 있을 것 같다 좋은 일이다 손을 준비하는
내가 있고 나는 너를 사랑한다

우리는 키스한다

과일가게는 내부수리중이라고 했다. 명백한 거짓말이다.

누런 개는 느리게 마을을 돈다. 느리고 확실하게 죽어 가고 있다.

노을은 아무것도 거두어 가지 않는다. 저녁은 자꾸 돌아온다.

병든 모과 하나가 골목길 구정물 위를 구른다. 향기가 좋다.

우리는 아무것도 보지 않기 위해 서로의 얼굴에 더 가까이 간다.

향기가 좋다. 그렇다고, 어린 시절을 찾아 두리번거리면

우린 그걸로 끝이다. 체리를 씻는 흰 손은 등 뒤에만 있다.

대신 우리는 키스한다. 침 냄새에 옛날이 이끌려 나온다면

우린 조금 더 늙는 셈이다. 키스하면서 우리는 느리고 확실하게

죽어 갈 수 있다. 우리의 꿈이 골목 입구를 제대로 찾는다.

미아

깨어나 두리번거렸다
작게 몸을 말았다
마는 동안 미아는
알아 가는 얼굴이 되고

노란 오줌을 멀리
아주 멀리까지 흘려 보냈다
슬리퍼를 끌며
많은 것이 노랗다
흐르는 하늘을 따라 걸었다

구름 냄새가 발끝을 물들여
미아는 웃었다
거기가 간지러워
혼자서는 닿을 수 없는 거기

콧잔등에 귀여운 주름을 만들어 가며
미아는 더미를 뒤적였다

노란 옛날과
모르는 채로 이미 봐버린
날의 냄새를 건져 올렸다

차가운 것을 안고 있어도
더미 위에 앉으면 졸음이 왔다
뚝뚝 머리를 떨어트릴 때마다
미래가 멋대로
거기를 핥고 지나갔다

미아는 웃고
웃는 미아를
미아는 모르는 얼굴이 되어
도래하는 머리와 머리
사이에서 얼굴을 보았다

미아는 그것을 요의라 부르고
많은 말은 말자

멀리까지 다만
아주 멀리까지

서 있는 사람

대기표를 손에 쥐고 사람이 서 있다

사람은 싸우는 사람을 본다
내동댕이쳐지는 대기표를 본다
한참이나 굴러 가는 종이 뭉치를 본다

싸우는 사람은 계속해서 싸우고 있다
기계는 새 순번을 흰 종이에 찍어낸다
새로운 집게손을 계속해서 불러들이며

버려진 도처의 종이 뭉치들이 빠르게 수거된다
붉은 숫자들이 높은 곳에서 천진하게 깜빡인다
갓 잠에서 깨어난 아기처럼
순번들은 말갛게 태어난다

싸우는 사람은 질질 끌려 나가면서 싸우고
싸우면서 조금씩 희미해진다

대기표를 손에 쥐고 사람은 한자리에 계속해서 서
있다

　이유 없이 밤새 우는 아기를 안은
　창백하고 질긴 얼굴처럼

앉아 있는 사람

그가 앉아 있다

3인용 가죽 소파 한 귀퉁이에
닳고 얼룩진 매트리스 위에
바람 부는 세 발만 남은 식탁 의자에
더럽혀진 2월의 눈밭 위에
쇠로 된 시소의 안장 한 끝에
어느 빌라 에어컨 실외기 위에
골목 어귀 콘크리트 계단 가운데
멋대로 웃자란 강아지풀을 뭉개고
엉망이 된 잔디의 검푸른 물 위에
나란한 두 개의 무덤 사이에
허기진 짐승의 늑골 곁에
말들이 끝나버린 입술 아래에
불가능한 사랑의 복숭아뼈 위에
그리고 다시 소파로
그는 돌아와 앉아 있다
슬픔이라곤 처음인 손님의 얼굴로

얼굴이 소파 속으로 꺼져 있다
얼굴을 머금고
소파가 앉아 있다

배낭이 된 남자

　남자는 늘 배낭을 메고 다녔다 남자 키의 반쯤은 돼
보이는 큼직한 배낭이었다 배낭 안은 책으로 빽빽했
고 그 무게를 이기느라 남자의 상체는 앞으로 조금 쏠
려 있었다 배낭을 멘 채로 남자는 거리의 불 켜진 카페
들을 전전했다 이따금 카페에서 약속이 잡혔고 어쩌
다 실수처럼 사랑하는 사람이 생기기도 했다 남자는
사랑하는 사람을 위해 책들을 줄였고 배낭은 무척 헐
거워졌지만, 모두가 알고 있었다 그것이 이례적인 외출
같은 것일 뿐이었다는 사실을

　남자의 배낭은 다시금 남자의 비스듬한 등 뒤에 묵
직하게 매달렸다 시간이 갈수록 남자의 등은 점점 더
기울어 배낭은 남자의 등에 얹혀 있다시피 하게 되었
다 남자는 조금씩 더 왜소해져 갔다 등에 얹힌 배낭은
마치 남자를 부리는 또 한 남자처럼 보였다 그 남자는
카페 안 넉넉한 소파 위에다 잠시 자신의 몸을 기댔다
가도 이내 남자를 재촉하여 카페를 뜨곤 했다 쪼그라
든 등뼈 위에 남자를 얹고 남자는 아름다운 문장으로
가득 들어찼을 남자 속의 페이지를 끝도 없이 넘기며

아직 불 꺼지지 않은 다음의 카페를 향해 걸었다 남자
와 남자는 나뉘지 않는 하나의 그림자로 행간 같은 밤
의 골목을 느릿느릿 더듬어 나아갔다

도서관 사람

처음부터 그는 도서관 사람이었다 쿠션이 있는 검정 슬리퍼를 신고 처음부터 누런색인 목장갑을 끼고 책들과 함께 걸어 다녔다 그의 오른눈과 왼눈은 언제나 다른 곳을 향하고 있었지만 그는 도서관에서 한눈을 팔지 않는 유일한 사람이었다 그가 어울리는 것은 책들뿐이었다 누구도 그에게 말을 걸지 않았다 쿠션이 있는 검정 슬리퍼는 매일같이 꾸준히 닳아 갔고 슬리퍼가 잠시 멈추어 설 때면 처음부터 누런색인 목장갑이 더욱 바쁘게 움직였다 잠을 잘 때에도 그는 슬리퍼와 목장갑을 벗지 않았다 그가 잠든 동안에도 쿠션이 있는 검정 슬리퍼와 처음부터 누런색인 목장갑은 어김없이 닳아 갔다 슬리퍼와 목장갑과 함께 그는 매일 수거되었다가 제자리를 찾아 돌아왔다 도서관 사람, 하는 말이 들려오면 어디든 달려갔다 누구도 그에게 말을 걸지 않았지만 쿠션이 있는 검정 슬리퍼와 처음부터 누런색인 목장갑 앞에서 사람들은 서늘하게 혼잣말을 늘어놓았다가 뻣뻣해진 몸을 틀어 달아나곤 했다 언젠가부터 말들은 사라졌지만 쿠션이 있는

검정 슬리퍼와 처음부터 누런색인 목장갑은 더 이상
수거되지 않았지만 그는 매일같이 스스로를 되찾아
왔다 머잖아 도서관이 철거될 것이라는 소문을 딛고
서서 그의 오른눈과 왼눈이 슬리퍼와 목장갑을 번갈
아가면서 쓰다듬고 있었다 쿠션이 있는 검정 슬리퍼
를 신고 처음부터 누런색인 목장갑을 끼고 책들 속으
로 그는 다시 천천히 걸어 들어갔다

가위들

해가 좋은 날이었다

느리게 가위들이 걸어가고 있었다

아무개는 돌멩이를 주워 든다

가위를 둘씩 셋씩 그 이상으로 짝지어 놓으면 가장 날카로운 가윗날이 누워 있는 쪽으로 아무개의 돌멩이는 뜨거워진다

돌멩이는 아무개를 이끌게 된다

아무개는 마지막으로 사랑을 한 번 더 할 수 있을지도 모른다

끈적끈적하게 손 안의 돌멩이를 닮아 가면서

가위들은 귀띔 없이도 일사분란하게 도넛 대형으

로 선다

비명은 먼 곳에서만 들려온다

낮 꿈의 한가운데에도 끔찍한 페이지는 끼어드는 법
이니까

그렇게 크는 거야 살찐 가슴이 머리통을 품어 준다

머리통은 정말로 좀 더 길고 뾰족해진 가윗날로 공
터를 활보하게 된다

짝을 지은 무리들이 특별히 즐거워하는 순간마다 공
터 위의 햇빛은 무참히 조각났다가 무심히 봉합된다

어딘가에서 짙게 피 냄새가 끼쳐 온다

가위들은 그늘을 궁금해하지 않는다

우리는 반쯤 잠이 든 채로

우리는 늘 반쯤 잠이 든 채로 말을 했다. 말을 하면서 언덕을 오르고 말을 하면서 주저앉았다가 말을 하면서 어딘가 먼 곳을 가리키기도 했다. 검은 머리가 느리게 한곳으로 모여들었다가 순식간에 흩어지는 그곳은, 물들이 미친 듯 솟구쳤다가 이내 잠잠해지는 그곳은 울음과 몸싸움과 연행連行과 사이렌이 뒤엉기는 곳. 짓눌린 초록, 다시 돋는 초록, 물든 초록의 눈동자로 뒹구는 아이들의 광장. 우리는 말했다. 무덤 위에서 아이를 낳아야지, 블라디보스톡, 그린 캠페인, 올 것이 왔다, 코페르니쿠스, 아버지 제 몸이 불타고 있는 것이 보이지 않나요*, 알맞게 그을린 흰 공을 안고 흰 공을 쓰다듬고 흰 공을 빙빙 옆구리에서, 허벅지 속에서 돌리고 또 돌리며 우리는 말했다. 허밍같이, 하울링같이, 가늘고 길게 우리는 말을 이어 갔다. 무덤 위에서 뾰족한 발끝으로, 비가 오면 아름다울 조그만 웅덩이를 만들며, 꿈 안에서 영원히 끝나지 않을 것 같던 오줌을 누듯 우리는 말을 이어 갔다. 말들이 키스하는 공중, 그것을 어루만지듯 반쯤 잠이 든 채로 우리는 말을 이어 갔

다. 유년의 잃어버린 비밀의 말이 아직 돌아오지 않았
으므로. 밀려나온 우리는 밀려나온 우리를 알아보았
으므로.

* 지그문트 프로이트 『꿈의 해석』

월미도

월미도에 간다 월미도, 월미도, 생긴 것이 반달 꼬리 모양 같아서 그런 이름이라고 한다 그렇다면 월미도는 반달, 반달 꼬리인데 나는 왜 그 달도 꼬리도 알아보지 못하나 보이는 건 사람들뿐이고 사람들의 웃는 얼굴 이유를 가지고 웃는 얼굴 이유 없이도 웃는 얼굴 얼굴 밖에 없다 걷는 발과 뛰는 발 날아드는 발과 떠나가는 발 하지만 솟아오르는 발 도사린 발은 보이지 않고 사람들은 달과 꼬리를 모르는 채로, 모르고도 웃고 몰라서도 웃었다

언니와 나는 노래를 부르고 바라보았다 바라보지 않고도 부르고 말했다 말하지 않고도 듣고 또 불렀다

버스를 타겠다고 나는 말했다 붉은 버스라고 해야 할지 빨간 버스라고 해야 할지 망설여져서 버스 그 버스 있잖아, 하고만 말했다 우리의 버스 우리가 아는 그 버스는 없단다 언니는 말했다 니가 아는 버스 어디에도 없는 그 버스를 미친 척 떠올릴 뿐인 거야

버스는 달린다 월미도를 지나고 유원지를 지나고

언니를 지나고 우리를 지나고 웃음을 지나 월미도로
간다 달로 꼬리로 꼬리 없는 달과 달도 없이 꼬리만 남
은 웃음 속으로

이국의 루이스

이국의 루이스와 아침을 맞았다
이국의 루이스는 내 옆에 있다
이국의 루이스를 쓰다듬고
이국의 루이스를 냄새 맡는다
이국의 루이스는 냄새도 투명해, 미치도록
이국의 루이스는 심심하고 지루해
핥으면 찝찔한 피맛이 난다
그것이 이국의 루이스의 맛이다
늘 나의 혀끝은 할퀴어져 있어도
그것이 이국의 루이스의 맛이다
루이스의 나라는 아름다울 거야
이국의 루이스, 루이스의 나라는
루이스가 두고 온, 남겨진 밤
이국의 루이스의 검푸른 눈동자의 어느 밤의
아무래도 닿지 않는 한밤의 루이스
이국의 루이스는 내 옆에 있다
아침은 언제나 내일의 아침
어쩌다 루이스가 훌쩍이기라도 하면

나도 같이 울어버리고 말아

나는 너무 간지러워, 좋아 죽겠어

비가 내렸고 개가 없었다

다른 나라에서 잠이 들었다 다른 나라에서 사는 개를 보았기 때문이다 개가 냄새 맡는 밥그릇을 보았다 밥그릇 속에 담긴 컴컴한 빗물을 보았다 다른 나라에서 사는 사람들은 아무것도 바라보지 않았다 때때로 사람들은 밥그릇을 치고 지나기도 했다 착하고 성실한 사람들이었다 잠도 없는 사람들이었다 나는 자꾸 잠이 쏟아졌다 컴컴한 빗물이 눈을 찔러 왔기 때문이다 허벅지를 꼬집고 또 꼬집어도 연거푸 곯아떨어졌다 꿈에서도 개를 보았다 비가 오는데도 개는 쉬지 않고 거리를 쏘다녔다 너무 젖어 더 이상은 젖지 않는 개를 따라서 다른 나라에서 사는 사람처럼 걸었다 개만 바라보고 걸었다 너무 굶어 더 이상은 배고프지 않았다 머릿속이 컴컴해서 개만 바라보았는데 눈앞에 있던 개가 보이지 않았다 비가 개의 자리를 메우고 있었다 이건 꿈이야 눈을 떠야 했다 잠들었던 나는 다시 잠든 나로 돌아갈 수 있다 그런데 잠든 내가 보이지 않았다 비가 내리고 있었다 사람들이 우산 없이 걸어 다녔다 다른 나라에서, 아무래도 젖지 않는 마른 몸으로

사랑의 완성

걷는 사람이 있다
따르는 개가 있다
사람은 전신주를 가리켰다
해먹, 하고 말했다

개가 짖지 않았다
노트와 양말을 사 주었다
그것은 사람의 손 아래에서
걸음을 따라 흔들리고 있었다

다가가도 새가 날아오르지 않았다
개가 짖지 않았다
거칠게 목줄을 잡아당겼다

새는 사람의 손이 닿지 않을 정도로만 낮게 날고
더러운 깃털 하나를 떨어뜨렸는데
아주 천천히 그것은 떨어져 내렸는데

웃고 있었다
사람이 어디로 가고 있다는 사실
개가 막 짖기 시작했다는 사실 그것들보다
분명하게

걷는 사람은 계속 걸었다

갈 곳이 생각나지 않았다
개를 끌어안지 않았다

닿지 않고 떠 있는 발의 기분을 생각했다
남은 개, 하고 말했다
해먹, 하고 말했다
물 위를 가리켰다

짖지 않는 개가 그곳을 바라봤다 계속 걸으며
사람은 천천히 개의 이름을 불렀다

연주를 하자

합창을 할 거야
혼잣말하면서
아이는 올라갔다

자 이제
루프페달을 이용해 볼 거야
이상하고 신기한,
이상하고 신기해
음악이 아닌 것 같은데 그게 음악이 아니라면
그걸 부를 이름은 어디에도 없는,
음악처럼 아이는
자꾸 발을 헛디디고 미끄러져 내리면서
오르고 있었다

독창 위에 독창을 겹치고
울상 위에 울상을 겹치고
추락 위에 추락을 겹치고
그림자 위에 그림자를 겹치고

새들이 울지 않았다
구름이 흐르지 않았다

저것들이 뭘 기다리는지 모르겠어

아이는 거기서 조금 더 미끄러졌다
미끄러진 만큼 그것들에게 가까워졌다
말하지 않고

어둠 위에 어둠을
아이 위에 아이를

목젖의 시절

성곽 도시를 지나고 있었다. 경사진 언덕 위로 층층이 쌓아 올려진 길고 긴 돌담, 그것을 오르비에또라 부른다고 했다. 오르비에또, 오르비에또. 오르비에또의 담을 따라 나 있는 작은 네모진 창들. 그것이 창이라면 그 창 뒤에는 헐거운 제복을 입은 앙상한 자들이 느리게 걷고 있을 거였다. 바깥을 그리며 옛날을 그리며 흐느적거리며, 그러나 단 한 번도 발을 헛딛지는 않으면서 아주 작은 네모진 창 뒤에서 앙상한 자들의 목젖은 오르내릴 거였다. 무르고 질기게. 그렇구나, 오르비에또는 길고 지루하고 무르고 질기구나. 오르비에또는 나의 밤의 눈꺼풀까지 따라와 나를 지나고 있었다. 앙상한 자들이 내 몸의 모든 창들마다에 기대어 있었다. 바깥과 옛날이 보이는지 그들에게 묻고 싶었다. 그렇다면 나도 그 구멍에 머리를 넣어 볼 텐데. 오르비에또, 오 나의 오르비에또. 그러나 목소리도 신음도 없이 목젖만 오르내리는 나를 나는 모르고, 정오라는 하루의 한 끝이 나를 덮치면 이 밤의 이야기와 이 밤의 이야기를 모르게 된 나 또한 모르게 되고 말까.

비대한 사람

노려보는 사람이 있다
길목을 조르는 중이라 말하는
바지를 적시고 마는 사람

땅 바깥에서 오래 벌거벗은 뿌리와
땅을 파고 들어가는 줄기

그런 것들만 가려서 보고
무릎 안쪽을 그리워하는 귀들, 이라 반복해서 말하고
골목을 빠져나오다, 란 문장을 품고

들어가기만 하는 사람
늘 같은 것만 보게 되는 사람 뒤에
있는 사람

스스로에게 얼굴이 삼켜진 채로
끄덕이길 기다리는 어제의 사람
내일도 역시 끄덕이지 못한 사람

차가운 귀를 가진 사람은 너무 많은 페이지를 접는다
두꺼워질 대로 두꺼워져서

단화 속 오므린 발끝들을 알아본다
엎드린 사람에겐
날씨 이야기를 하는 게 좋다는 걸 알고 있다

잘린 꼬리와 자라나는 꼬리
빛과 비
무덤과 내일

이야기를 하고
이야기를 놓쳐버린 이야기를 하고
사람은 바지를 펼친다

말라 가라 말라 가라

유리창에 귀를 대면 유리창은
구름, 하고 말하는 모양이 된다

국경일 오후

연필을 깎는 밤입니다.

연필을 깎다가 필연처럼 베인 손가락이 있고, 다른 밤,

피 묻은 밤, 밤이 묻어버린 겨울이 있습니다.

밤과, 밤 아래의 계절에 나의 병든 손가락들이

묻히는 겁니다. 그런 날이라면 따뜻하겠지요. 지혈의 대낮은

아무와도 약속하지 않았다고 해도.

짝을 찾는 짐승의 긴 울음소리.

나는 엎드립니다. 울음을 따르는 법을 모르고도

뜨겁고 비린 음소 아래

나는 엎드립니다. 하울링이 자라나기에 좋은 땅이란 어떤 것인지,

끝없이 이어지는 어둠의 한 끝을 바라보며 노래를 이어 가는 일, 그건 얼마나 바보스럽고 또 얼마나 오래된 일인지를 생각하고,

나는 천천히 허리를 비틀어 나의 항문을 핥습니다.

리듬을 타며 풀들이 찢깁니다.

푸른 물이 든 돌멩이를 버리고 아이들은
국기게양대 위로 몰려 올라갑니다.
그러면 나는 어린 시절의 손가락 하나로 남겨지고,
푸른 물의 혈흔을 곁눈질하며 그것을 치켜듭니다.
한 아이의 정수리에서 밤이 번뜩일 때
누구도 그 밤을 돌려 말하지 않습니다.
아이들은 게양대의 깊은 계단을 조심성 없이 뛰어
내리고 그 아래에서
흰 것들이 가장 먼저 으깨집니다.
밤에게 그랬듯 발끝에게도 되물을 일 없습니다.

달리던 것은 달려갑니다.
이미 죽은 나무는 거기서 더 죽게 되지도 않고 죽어
서 다른 것이 되지도 않습니다.
겨울은 겨울이고
손은 손을 모릅니다.

마음에 드는 돌멩이를 집어 들고 흐르는 물 쪽으로
갑니다.

그곳에서, 나는 쓰기 시작합니다.

어루만지는 높이

계단을 오른다
멀어지는 머리를 세고
차가운 난간을 쓰다듬고
심장처럼
자신의 무게를 가늠하는
너무 익은 감처럼

계단을 오르며
내려다보면
내일이 오늘을 밀어내는 것이
하나가 하나를 어루만지는 일이라는 걸 알 수 있다

어루만지는 시간은
맥박과 맥박 사이에도 있어

숨죽이지 않고도
나는 이토록 고요해져서
바람이 내는

작은 소리를 들을 수 있다

조금씩만 밀어내기로 한다
무른 과일을 씻으며 발끝에 힘을 준다

소리를 불러낸다는 건
바람이 지은 계단을 당겨 오는 것
그것은 한없이 말랑하고 깊어
계단에 맞춰 흥얼거리며
나는 없는 계단을
오르고
또 오르고

3부

목뼈들

네 농담이 어제와 같지 않았다
꿈이나 꿔야지, 나는 입을 오므리고
모로 누운 너의 등에다
씹다 만 껌을 붙여 두었다

허우적거리는 너를 보았는데
너는 너무 멀었고 나는 웃고 있었다
웃음은 계속되었다

긴 잠에서 깨어
다시 그 껌을 씹다 보면
나는, 아주, 오래, 걸어 왔구나,

창 너머로 낡은 다리를 보는 걸 우리는 좋아했는데
그곳을 찾는 건 떨어지려는 사람뿐이었다

여름이었고 마당에 작은 목뼈들이 흩어져 있었다
햇볕이 목뼈들을 조이고 있었다

가능한 모든 장소에서 농담이 흘러넘치고
비가 내릴 것을 오래전부터 알고 있었다는 듯
그들은 고요를 이어 갔다

한쪽에서 누군가는 무릎 사이에 얼굴을 묻고 있었다

여름이 끝나도 여름이었다
하품을 하고 아카시를 꺾고
사랑한다 안 사랑한다
사랑한다 안 사랑한다
느리고 더운 바람에도
잎사귀는 모조리 날아가버려서
꿈이나 꿔야지, 입술을 깨물었다

그러나 이곳에는 아무도 없고
너의 등짝 위엔 잇자국들만 선명하다

우리는 세계과자점에 가요

우리는 틈만 나면 세계과자점에 가요
세계과자점에는 세계보다 멋진 세계과자와
세계과자 층계들 사이에 난 좁고 간지러운 통로와
세계의 아이들의 작고 둥근 머리통과
종달새 소리가 날 것만 같은 눈동자들
조명 빛보다 더 빛나는 과자 봉지와
먹기도 전에 바스락거리는 세계
저 세계의 층계를 밟아 오르면 우리는 아이들의 영
웅이 될까요
과자 모서리는 부서지든 말든
부서진 세계의 부서진 안쪽을 우리의 스텝으로 채
우면 어때요
우린 지금 주머니가 비었으니까
어제 먹은 과자로 충분히 배가 부르니까
그 과자는 이 세계의 아름다운 빗방울들로 부드럽
게 젖어 있었죠
주머니가 비어 있는 날에만 햇빛은 쨍쨍하죠
그래도 우린 아직 리듬을 빼앗기지 않았어요

먹기 전에만 바스락거리는 세계

과자처럼 우리는 아직 시작되지 않아서

근사한 스텝을 밟으며 어디로든 오를 수 있어요

두 사람

해가 지고 있었다

기억하지 못하는 얼굴로 걸어갔다

해가 멀어진다고 말하는 사람과 그곳이 가까웠다고
말하는 사람

키스는 좀처럼 끝나지 않고

두 사람은 빠르게 늙고 있다

그것이 녹색 광선이라고 믿고 있는 것 같다

두 사람은 널브러져 일어나지 않았다

누런 개가 느리게 주위를 돌고 있었다

아주 오래된 장면 같았다

눈앞에서 다시 해가 지고 있었다

나의 얼굴이 기억나지 않았다

두 사람의 황홀하고 일그러진

그림자 냄새를 두고 가기가 어려웠다

맨발

디비디를 돌린다 물이라도 틀어놓은 것처럼 우리는 급하고 음악을 삼키고 비가 내리고 우리는 맨발로 달음질치고 젖은 채로 빗속에서 오줌을 누고 고개를 치켜들고 비를 토하고 마시고 지치고 달리고 흘리고 반복은 봄밤 반복은 아름답고 경이로운 것 디비디를 돌려놓고 자장면을 불러놓고 우리는 거듭되고 두고 가요 외치고 무섭게 자라났다 쪼그라드는 모터사이클 소리 우리는 툭툭 각자의 발바닥을 털고 덩어리진 자장면을 헤치려는데 정확하게 반반으로 나뉘었던 나무젓가락 맥락도 없이 허리가 부러지고 물러서지 않고 발등은 부풀고 내다 놓은 그릇 같은 서로의 먼 배를 바라보는데 디비디는 또 한 번 돌아가든 말든 터덜터덜 우리는 걷고 꼭대기의 우리는 어느새 지층이고 비도 내리지 않지만 우리는 약속처럼 잊어버리고 우스운 장면은 어떻게든 만나지고 배꼽을 잡고 맨바닥에 이따금 귓바퀴는 쏠리고 어디서든 시작되는 모터사이클 소리 우리는 맨발로 귀를 세우고 눈동자를 굴리며 발가락과 발가락 사이사이를 봄밤이 으스대며 걸어간다고

스푼들

높은 빙수에 두 개의 스푼을 꽂고
잠시 말없이 앉아 있었다

스푼을 부딪치지 않고
얼음 가루들을 떠냈다 동그랗게
입을 벌리며
오늘의 표정은, 이곳에 당도하기까지
좀처럼 빨라지지 않던 걸음은
혀뿌리에 질끈 동여매었다 그때
소름으로 뒤덮인 너의 팔뚝을 보고야 말았지만

몇 개의 하루를 도려내고 나면 달라질 것만 같았는데

물은 녹지 않았다

낮아지는 빙수에
최선을 다하여 스푼을 세웠다
두 개의 스푼은 겁이 나겠지만 우리는

스푼이 나동그라질 때를 기다렸다가
연회의 끝처럼
겹쳐지는 스푼처럼 조용히
눈을 맞추는 거다

빠르게 걷는 사람들 사이에서
빠르게 걷는 사람이 되었다

사양

모래가 따뜻하다.
신발을 벗으며 너는 말했다.

마을로는 돌아가지 말자.
이불 없이 불빛 없이 여기 둘이

우리는 우리에게 짧고 좋은 이야기가 될 거야.
내일이 놓고 간 단어 위에
밥을 지어 얹고, 염전 위에 누워
눈부시게 우리는 말라 가자.

우리는 우리의 미래도 되었다가
최초의 무덤 옆에서 줄줄이 자라나는 무덤들도 되
었다가
누구도 되어선 지나치고 또 지나쳐버리다가

어디로도 다시는 돌아가지 말자.
이야기가 되어 돌아가거나 어디든 돌아가 이야기가

되는,

　　다정은 굶주린 포말에게로.

　　우리는 우리로 울렁거리고
　　우리는 우리로 더 깊이 희다.

　　너는 일어나 차분히 소금기를 털고
　　바닷물 쪽으로 나는 걷다가
　　다음 순간 급류에 말려드는 것.
　　우리는 서로를 돌아다보며 최선을 다하여

　　찢어지게 하품!

　　그다음은 모른다.

　　계속된다.

미끄럼

빛이 내려. 빛이 눈의 육신을 빌린 거야. 그는 짐승을 보고 웃는다.

우린 생선을 나눠 먹는 사이.

둘은 눈이 닮은 것 같다.

그렇게 말해 주는 걸 그가 좋아했다.

커피를 내려 줄까.

고양이 울음이 오래도록 계속되었다.

인사 없이

나는 그 집을 나왔다.

빛이 그쳤는데

빛이 계속되었다.

녹아야 할 것이 녹지 않았다.

낙엽과 가래침과 아이의 웃음이 한데 뒤엉켰다. 지치지 않았다. 더러워졌다.

눈밭 위에서 훌라후프를 돌리는 소녀와 얼어붙은

음식물 쓰레기봉투를 뒤지는 짐승이 있었고
　　나는 이곳을 빠르게 지나야 한다,
　　중얼거리는 사이

　　햇빛을 누가 이겨. 언젠가는 모든 게 그 앞에서 옷을
벗는걸.
　　허스키 보이스. 허스키 노이즈. 중얼거리는 건 나밖
에 없는데 넘어지지 않았는데

　　청바지와 손바닥에 자꾸 뭐가 묻었다.

　　문을 열고 들어가면 바깥이었다.
　　손바닥은 돌기로 가득했다. 눈과 눈을 핥았다.

목소리의 계속

길목에서 우리는 만났다

너는 나의 원래 얼굴을 모르고 지나온 나의 일을 모
르는 채로
품이 큰 야구점퍼를 걸쳐 주었다

기억할 일이 있냐고 했다
나는 바닥을 바라봤고 너는 나를 바라봤다

더 묻지 않았고 아무것도 지우지 않았다
길을 따라 우리는 걷고 또 걸었을 뿐인데

나는 너를 바라보고 너는 아무것도 바라보지 않고

길목으로 돌아가 우리는 부드럽게 갈라지는 것

깡마른 나뭇가지를 들고 이쪽과 저쪽으로
잊기 좋은 날씨와 기억하기 좋은 날씨로 금을 긋고

지우고 금을 긋고 지우고 하다 보면
　하루하루가 너무 잘 살아지는
　이상한 현상을

　개가 삼킨 소금은 언제쯤 비가 되어 내리는지
　화면이 잘라낸 사지들은 얼마나 더 떠돌고 나서야
예보에 실려 돌아오게 되는지를

　아는 목소리는 나의 잠 곁에서 묻고 또 물었지만

　그것은 낮 동안 이명으로 살아남고
　나에게 낯익은 것이라곤 오로지 이명뿐이었지만

얼룩 이야기

페이지를 펼치고 자를 대고 긋는데
자꾸 그런 생각이 든다
연필을 쥐었지만 언제나처럼
손은 비어 있는 것만 같다는 생각

옆집에선 자주 커피콩 가는 소리가 들린다
커피콩은 단단하고 옆집 사람은 말수가 없다

말수가 없는 건 인간에 대한 예의 같은 게 아닐까
왼쪽에서 오른쪽으로 손잡이를 돌리고
왼쪽에서 오른쪽으로 글자들을 따라가고
말을 쏟아내지 않고도 지치지 않고
대사 없는 이야기 같은 걸 지어내는 거

나는 나를 나무라는 표정을 하고
던져 놓았던 자를 집어 든다
자는 내 손안에 있고
손은 문제없이 잘 움직여진다

침대 옆 벽지 위, 오래된 얼룩 두 개가 보인다

둘 사이는 멀었지만 나는 문득 그 둘을 이어 보고 싶
어졌다

자와 내가 서로를 돕는다 우리는 길어진다

보람찬 하루를 살았다고 말해버리고 싶었는데

그다음엔 느릿느릿 부드러운 눈매로

옆집 사람은 비로소 완성된 커피를 마시는 중이라고
말하고 싶었는데

손가락에 쥐가 났다

주먹을 쥐었다 폈다 한다

옆집 사람은 새벽의 커피콩을 갈고 있다

저, 지금이 몇 시인 줄 알고는 있어요?

묻지 못했다 거울처럼 물음은 스스로를 되비출 테니

내일이 계속되는 거라고 해도 상관없는

오늘이 계속된다

여기가 어디인지 묻지 않는다
이곳에 누가 있다는 것,
그것 하나만 기억하기로 한다

비린내

손가락 사이로 다 보았다

물고기를 뜯어 먹는 물고기

를 뜯어 먹는 접시를 뜯어 먹는 식탁을 뜯어 먹는 의
자를 뜯어 먹는 엉덩이를 뜯어 먹는 머리에게 시키는

손가락들이 이따금씩 엄숙하게 낄낄거렸다

잠긴 채로 고장나버린

하드케이스 그것을

대부분 버려두고 이따금 썼다

테이블입니다 의자입니다

발길질을 부르는 돌부리입니다

한숨을 쉬다 보면 걷잡을 수 없이 자라나는 구멍

어머니는 그것으로 틀어막았다

먼 곳을 바라보면 아름다웠다

모르는 것들이 반짝이고

고요한 것은 변함없이 고요했으므로

어머니는 밤새 노래를 불렀다

빠짐없이 칠해진 노란 바탕처럼

우리는 노래를 따라 불렀고

모든 노래는 돌림노래가 되어야 합니다

너덜너덜해진 귀가 묵음을 얻을 때까지

두드리는 소리

들리면 돌아보지 않고

큼직한 보폭으로 무섭게 걷고

붉어진 발끝으로 우리는 차고
발톱 빠진 살덩이가 빳빳하게 설 때까지
어머니의 고음은 들리지 않았다
돌부리입니까
뭉쳐진 밥입니다
오래 고인 물이기도 합니다
뭉툭해진 모서리로 앞다투어 뭉개고
비질비질 우리는 웃는 겁니다
그러면 또 어디선가 두드리는 소리가 끼어드는 겁니다

어느 날, 젤리피시

　관광객이 들지 않는 날에도 잘 퍼지는 치마를 입고
표정을 연습했다
　가르치지 않았는데 딸아이는 거울을 따라 빙그르
르 돌았다
　호수처럼 사방이 막혀버린 바다는 바다를 잊었다
　손을 깨물던 젤리피시는 독을 버리고 천천히 스스
로의 느린 독이 되어 갔다
　투명한 다리는 자꾸만 미끈해지고 새끼손가락은 무
얼 하든 살짝 달려 올라갔다
　거울은 좀처럼 윤이 죽지 않아 멜빵바지만 입혔다
　치즈와 양고기는 숨겨놓고 먹었다
　그 바람이 바람의 전부라고 말하지 않았는데 아이
는 가만가만 고개를 끄덕였다
　짧고 푸석푸석한 머리를 오래도록 감겨 주었다
　못나게 볼을 부풀리고 앉아 있는 날이면 박하사탕
을 물려 주었다
　모든 기름지고 윤나는 것들을 저주하게 했다, 하아
하아

입 안으로 바람을 들여 보라 했다

일곱 개의 파도를 가졌다는 바다로부터 남자가 돌
아왔다
남자에게 자주 눈을 흘겼다
남자의 두툼한 손은 무엇이든 만지길 좋아했다
박하사탕을 사러 나갔다 돌아온 저녁
남자는 보이지 않았다
아이는 뒷머리가 눌린 채 입 안의 바람처럼 빙그
르 돌았다
등을 때려서 주저앉혔다
박하사탕을 물려 주었다
하나가 녹으면 또 물렸다
그 하나가 녹으면 또다시 하나
나란히 앉아 밤새도록 바람을 만들었다
아이가 모르는 먼 고향의 방언으로 조그맣게 중얼
거렸다
모르는 나라에서 모르는 이의 아이를 낳고 싶었단

다, 모르는 나라에서 모르는 이의 아이를

　　마른버짐이 핀 다리로 독을 받아 적었다, 천천히

　　멜빵바지 위로 웃음처럼 오줌이 번졌다

　　바다는 아무것도 하지 않았다

아니다

여기 의자를 두지 말아요 너무 아름다운 이곳에는

아니다 여기로 의자를 옮겨요

햇빛이 너무 깊고 아픈데

아니다 이제 이쪽으로 앉아요

꽃이라면 자랄 텐데

아니다 생화는 생화가 아니다

머잖아 나는 나에게조차 만져지지 않고

사라지는 건 사라져버리는 게 아니다 아니다 잠시
는 잠시

다시 햇빛이 들게 된다면 어디든, 떠도는 아프지 않

은 한 점으로 떠 있을 것

　아니다는 아니다 나는 나의 아니다를 안고 나의 아
니다 나의 아니다

4부

의자 이야기

의자 위에 사람이 걸터앉는다.
당연하지.
아무 말 않는다.
내일의 날씨 이야기로 떠들썩하다.

사람이 의자를 밟고 선다.
뭐지?
말은 없다.
모든 게 다 제자리에 있거든.

사람이 갑자기 의자를 걷어찬다.
또 뭐지?
가던 길 간다.
가던 길 간다.

의자만 길게 도로를 나뒹군다.

아무 일도 일어나지 않은 것이다.

장래희망 달성 수기

왜 울어?
뭘 잘했다고?

대답하려고 할 때마다
허기만 깊어졌다

뱃속으로 밥처럼 울음을 흘려 넣었다
캄캄해질 때까지 맞았다

다음날엔 장래희망이 생겼다
안 맞는 사람

비슷한 꿈을 가진 아이들과 어울렸다
안 맞으려면 먼저 때리면 된다

교회에서 봤던 걸 흉내 내어
아이들은 암송대회를 열었다

그것들은 너무 잘 외워져서
몇은 잡혀갔고
아이 하나 남았다

맞는 것도 때리는 것도 무서웠다
점점 더 무섭다 생각했다

아이의 팔다리는 지치지도 않고
훤히 길어졌다

길이 아닌 길로만 다녔다

밤이면 목덜미와 사타구니가 간지러웠다
깨어나면 어김없이 손자국은 환했고
주위엔 죽은 벌레들이 널려 있었다

아이는 울지 않았다
그러다 때로는 마음 놓고 울었다

아무도 내게 묻지 마
아무것도 묻지 마

누가 내게 고백한 적이 있다
사랑한다고 했고
그게 고백이라고 했다

당신도 내게 사랑 어쩌고 한 적 있잖아
그래서 나는 고백한 그가 죽었으면 좋겠다고 생각
했다

당신도 그도 죽지는 않았지만
더 이상 내게 묻거나 고백하진 못할 것이다

길이 아닌 길로만 다니는 일은 너무 피곤해서
이제 그만 길 밖으로 뛰어내리려고 하거든

인류 보편의 잡화상

입구에는 파랗고 투박한 타자기가 있다

아름다워요.
그렇지요? 만져 볼래요?
그래도 돼요?

그의 손은 타자기와 구별되는 아름다움을 지녔다
타자기와 팀워크라도 이루려고 빚어진 손처럼
타자기를 떠나면 손은 마치 아무것도 아닌 것처럼

누구에게나 그는 다가가
세벌식 타자기의 사용법을 가르쳐 준다
차별을 모르는 휴머니스트
그는 땀을 흘린다
그는 그런 자신의 일에서 자부심과 보람을 느낀다

이렇게요?
아니, 이렇게요.

어렵네요.
바로 그거예요. 아주 잘하시는데요?

타자기는 실패를 몰라서
그를 웃게 한다
차질 없이 그의 목록을 늘려 준다

갈겨쓰듯 대충 하고 자취를 감춰버린 여자
그 타자기로 몇 명이나 꼬셨느냐 물으면서도 신음 하
나는 끝내주던 너
'사랑해' 세 글자를 타자로 쳐서 보낸다면 한두 번쯤
더 만나 줄 수도 있다 말하던 김칫국 그녀
우리 이야기 시로 써도 되냐 묻던 헛똑똑이 문학소녀
웃음 질질 흘리면서 끝까지 안 주던 스토킹 유발자
다 끝나버린 용수철 같던 그 늙은 년

노란 방, 파란 방에 모인 보편의 친구들이 목록을 궁
금해한다

천천히 여자들의 살점을 떼어 주는 동안
방 뒤편 들끓는 경외 앞에서
그는 땀을 흘린다
조금 운다
이 끈끈함! 이 충만함!
친구들아 우리 끝까지 가는 거야

뛰어내리는 달

모두 돌아간 뒤에야 너는 네가 된다. 좀 앉자, 말하던 너는 어느 틈에 절벽처럼 일어서 있고 나의 아래론 수십 겹으로 포개진 플라스틱 의자들. 얘기 좀 하자니까! 의자는 어디로부터 끼어드는지. 그러나 너는 궁금해하지 않고 했던 말을 하고 또 하고. 연회가 시작되면 나란할 수 있을까. 커튼을 열고 햇빛을 들이면 의자는 의자로 돌아갈 수 있을까. 천장은 달처럼 점점 더 푸르고 그것은 계속해서 놀라는 얼굴. 네가 나에게 욱여넣던 날. 멀미처럼 흰 밥을 넣었다 빼는 달궈진 숟가락. 거기에 자꾸 치아가 긁혀 춥구나, 내일은 몹시도 춥구나. 끝나버렸는데도 사라지지 않는 플라스틱 어깨. 끌어안을수록 바람 몰아치던 날. 손을 뻗어 천장을 만지려 하면 솟구치는 목소리. 난 그게 아니었어, 씨팔! 바닥에 얼굴을 갈아도 좋아? 말라비틀어진 채로 죽어 가도 좋아? 입 안 가득 밥알이 들어찰 때마다 얼굴이 없어지는 기분. 하나쯤 잃어도 좋으니 먹고살고 싶었다. 머리가 천장에 닿고 어깨가 천장에 닿고 허리가 천장에 닿았을 때에야, 내가 뚫어야 하는 건 천장이 아니라는 걸

알았다. 나는, 기다리라고 말한다.

브루클린

앞에 있는 사람을 두고 지나가는 사람과 했다 그 사
람이 지나쳐 가지 않고 멈추면 앞에 있는 사람 대신 앞
에 있게 하고 한 번 지나간 사람이 생각난 듯 돌아오면
사람이 있어요 사람이 안 보여요 묻는 동안에도 누가
지나가는 게 어렴풋이 보이고 어렴풋이 보이면 앞으
로 하고 눈부시게 선명하면 뒤로 돌았다 그러면 벽이
출렁거리고 나는 할 말을 그런 식으로 하는 게 좋아서
손바닥이 점점 더 너덜너덜해졌다 그럴수록 벽은 파랑
파랑했지만 앞에 있는 벽을 두고 계속해서 지나갔다
차츰 손금은 희미해졌고 머지않아 지워졌다 한참을
앉았다 드러누웠다 머리카락까지 빼놓지 않고 끝까지
누웠다 깊은 이야기가 웃는 나를 데리고 점점 더 깊이
들어가고 있었다

걸어도, 걸어도 젖지 않는

집 안에서 자주 역겨운 냄새가 났다.
그때마다 내 곁에서 개의 눈은 빛났다. 끌어안았다.
집 밖에서 나는 더 오래 머무르기로 한다.

바닥을 디디며 건넌 뒤에도 발목이 젖지 않는 강이
있다면
  그 강은 강이 아니게 될까. 강이 아니게 된다는 건
무슨 뜻일까.

  물 위로 드리워진 나무 그림자를 바라보며, 물빛 허
밍을 듣고 있어, 말하고 싶었다.
  분명하게 거듭되는 발신 신호음이 나뭇가지 사이를
메웠다.

  가뭄이었는데 모두의 손에 우산이 들려 있었다.
  묻고 싶었다. 왜 우산을 펼치지 않나요.
  울면서 걷는 여자를 보았다.

모두의 앞에서 말을 하면 목소리에 늘 경련이 일었다.

내리깐 눈꺼풀들이 제복처럼 반듯했다.

어느 쪽이든 어서 끝을 내라는 듯이. 곤혹을 견디고 나면

네 생각을 한 것처럼 땀이 났다.

차례로, 거리의 모든 빛들을 소등하는 상상을 한다.

거리에 물이 차오르고 가로수들은 단 하나의 노랫말이 되어 흔들린다.

죽음이 말하는 한 방식

꿈에 누가 말했다
너는 죽은 거야
너는 이제 안 보이는 사람이야
그 말을 믿었다 그 목소리는 들리기만 했지
보이지는 않았으니까

나는 물었다
그럼 네게도 내가 보이지 않니
대답 대신 뭔가가 내 안으로 쑥 들어왔다
나를 흔들어댔다
그것은 내 뒤에 있었다

묻지 말았어야지
입 닫고 가만히 죽어 있었어야지

더 이상 나는 입 열지 않았다
그가, 죽은 거라 말했던 나는
나의 사후경직을 앞당겼다

필사적으로 발버둥치던 그(것)는
이내 잠잠해졌다

화장실에 가서
길고 시원하게 오줌을 눴다.

맨스플레인

구멍이 되려고 태어나신다
소리 나는 구멍이 되려고
조였다 풀었다 소리 나는 구멍이
부드럽고 미끄럽게 조였다 풀었다

제대로 죽여 주겠다는 막대기를 오르내리며
바늘머리를 빼닮은 신념들이
'제대로'라는 오버사이즈를 걸치고
허락 없이 자꾸만 흘러 들어와서

구멍이 되려고 태어나신 구멍은
간지러워 죽는다

구멍이 되려고 태어나신 구멍은

도리가 없다
생으로부터 돌아서신다

죽음으로 생을 벅벅 긁으며

죽음이 낫구나,

죽음은 이렇게 시원하구나!

어느 선한 의도에 대하여

그의 눈꼬리는 땅끝까지 뻗어 있었다
젖은 한숨을 머금고 뜸을 들여 가며 말하는 버릇
그것을 슬픔이라, 혹은 병이라 불러 달라며
그는 더 힘껏 물기를 품고 말했다

내가 죽은 뒤 그의 자기고백서가 떠돌았다
'선한 의도'가 유행처럼 번졌다
껍질이 잘 발라진 과육 속으로
선한 얼굴의 칼끝들이 꽂혔다
어른의 놀이처럼,
어른이라면 다 하는 놀이처럼,
하지 않으면 어른이 아닌 것처럼
선한 장난이 판쳤다
선한 말과 선한 몸들이 난무했다
선하고 날카롭고 짜릿하고 역겨운

죽는 것이 끝이 아니구나
한 번만 죽을 수 있는 것이 아니구나

선한 것들의 흥건한 돌림노래에
끝도 없이 질식하는 죽음들

죽음들까지 돌려보고 기어이
선함의 오르가슴에 이르고야 마는 눈꼬리들

여름 벽

"사랑합니다"

작은 자가 큰 자에게 고백합니다

사랑을 되받아치면서 큰 자가 내미는 건 큰 자의 물건입니다

작은 자는 믿는 자입니다 믿지 않을 수 없는 자가 됩니다

믿는 자가 믿음을 고백할 때

믿음 앞의 큰 자는 크게 끄덕이며 이제 벽을 선물하는 겁니다

벽과

벽 뒤의 벽과

벽 사이의 벽과

벽 이후의 벽을

작은 자의 소리가 들립니까?

잠이 들었습니까?

꿈은 얼마나 먼 꿈입니까?

작은 자는 남아 있습니까?

누가 묻습니까?

어디에 있습니까?

뭐가 보입니까?

큰 자의 안면과 뼈마디와 썩지 않고 줄어들지도 않는
물건

물건들은 주물처럼 아름답고 무겁습니다

벽 뒤에서 그려지는 그림은 소리가 나지 않습니다

그림만이 아는 이야기입니다

그림이 제 등을 끌어안는 그림이라서 그렇다고 합니다

"빌어먹을"

깨어난 작은 자가 지금, 속삭이고 있습니까

벽은 벽입니다

벽은 벽입니다

"빌어먹을"

"빌어먹을"

"빌어먹을"

말을 듣지 않는 발을 접질리면서 작은 자는 그림을 망
칩니다

오줌이 벽을 타고 흘러내립니다

벽 속으로 스미는 것은 무엇입니까

노란 오후를 엽니다

이것은 목소리입니다

작은 자의 것입니까? 작지 않은 자의 것입니까

"벽이란 무엇입니까?"

터져 나온 것이 울음이 아니라 물음일 때

이름은 태어납니까

이름은 태어납니까

붉은

그 여자를 자꾸 보게 된다
목덜미에는 물기가 남아 있다
발목을 묶은 흔적이 보인다
흔적은 붉고 말이 없다

자꾸 보게 되는 여자에게
물을 수 없다 나는
바라보고만 있다

인형들이 매달린 완구점에서
흔들흔들 인형들을 따라 뺨이 붉어졌던 내가
내 손을 놓아버린 따뜻한 손에게
묻지 못했던 것처럼

바라보기만 한다
거르지 않고 보게 된다

여자는 내 앞에서 흐르듯 걷는데

왜 나를 쫓아오는 것만 같은가

헐떡이며
나는 현관 안으로 뛰어든다
거울 앞에 서면 비가 내린다
연신 목덜미를 닦아낸다

손이 따뜻하구나
혼잣말한다

약속을 잡아야겠다고 생각한다

구체적인 얼굴을 상상한다
최선을 다해

치마와 치마와 치마와 치마

말들이 우글거리는 입속
말들이 자라났다 사라지는 입속
쉬이 죽었다가도
이내 다시 태어나는 말들의 붉은

입속은 그 스스로를 모르고
아무것도 모르고 있다고 말하고
축축한 속살로 스스로를 두르고

태어나라 꺼져라 다시 일어나라
말하지 않고 모르는 얼굴로
얼굴 없는 그 명징한 얼굴로

뜨거워졌다가 식었다가
밤과 낮과 시침 사이와
오후의 모든 틈들에 있다
저곳과 여기와 아무 데에

아무렇게나 주저앉은 듯
폭 넓은 치마와
치마와 치마와 치마와 치마

치마들은 마주 본다
들추지 않고
입속 깊이까지 줄 서 있는
말들을 향해 인사 건네는

도처의 치마 안쪽에서
지치지 않고
마중 나오는 눈빛들

한 줌의 낭비도 없이
공중에서 만나

무엇이 될지 아무도 모른다

시로 그리는 몽타주

소유정(문학평론가)

얼굴 없는 얼굴들

희음의 첫 번째 시집 『치마들은 마주 본다 들추지 않고』에는 많은 얼굴이 있다. 시적 화자와 가까이에 있는 존재들만 해도 여럿이다. 물어오는 것을 던져주어도 자꾸만 돌아오는 개가 있고, 애인이 있고, 가족도 있다. 그러나 이것은 단순히 '나'와 관계하는 대상이 많다는 뜻은 아니다. 특징적이게도 그들에게는 공통점이 있다. 화자의 서술에서 그들의 얼굴은 없거나 구체화되지 않는다. '나'의 곁에서 애인 또는 가족이라는 이름으로 존재하지만, "달리는 너에겐 얼굴이 없구나"(「한 자세로 오래 있지 않기」)와 같은 중얼거림이나 "애인의 얼굴은 돌아오지 않았다"(「창문의 쓸모」)는 낙담 속에서는 그 이름의 쓸모가 무색할 만큼 일정의 거리를 유지하고 있는 것처럼 보인다. 하물며 "오빠의 얼굴" 앞에 설 때면 어쩐지 입술을 뗄 수조차 없었던 날들을 회상한 끝에 내뱉는 한마디, "나는 가족을 두지 않았다"(「보물찾기」)는 선언은 구체화되지 않는 얼굴들로 인해 의심이 들었던 화자 주변인의 연결

132

고리를 끊어내는 듯한 느낌마저 들게 한다. 이상한 것은 이뿐만이 아니다. 희미한 얼굴과는 반대로 지독하게 선명한 것도 있었다. 예를 들면 돌아오지 않는 얼굴과는 다르게 떠다니는 "혈색이 좋은 목소리"(「창문의 쓸모」) 같은 것. "나에게 낯익은 것이라곤 오로지 이 명뿐"(「목소리의 계속」)이었다는 증언에 따라 화자의 곁에는 점차 흐릿해지는 얼굴과 그럴수록 선명해지는 목소리만이 남는다. '나'와 무관하게 그저 지나가는 이들이라면 얼굴도 목소리도 남기지 않을 터인데, 특정되지 않는 얼굴과 목소리로 도처에 존재하는 까닭은 왜일까. 도무지 잡히지 않는 이들 사이를 헤매다 발견한 것은 이들과 함께 있을 때 '나'의 모습이다. 앞서 오빠의 얼굴 앞에 설 때면 침묵했던 사실을 언급하였듯, 그들 앞에서 '나'는 좀처럼 말이 없다. "입술은 얼어서 떨어지지 않는데" "갇힌 말은/입속에서 영원히 사는지/살기도 전에 죽어버리는 건지"(「보물찾기」) 알 수가 없는 것이었다. '나'의 곁을 맴도는 목소리처럼 발화되어 공중을 떠돌지도 못한 채 사그라지고 마는 말들의 행방은 도무지 알 수 없고, 목소리도 남지 않아서, 화자를 둘러싼 이들 사이에서 정말로 희미해지는 것은 '나—우리'*였다.

우리는 웨이터가 있는 곳으로 간다. 기다리는 웨이터, 돌아오는 웨이터, 눈빛의 자리에서, 손끝의 자리에서, 불을 밝히고, 손을 모으고, 각진 검은 정장을 하고, 우리가 기다리는 걸 함께 기다리는 웨이터에게로. 빛의 웨이터, 구원의 웨이터. 웨이터는 각진 검은 정장을 고쳐 입고, 묻고, 되묻고, 언제나처럼, 돌아올 것처럼, 돌아서 가는, 웨이터의 등 뒤에서, 우리는 목소리로만 더듬고 또 더듬고. 이곳은 너무 캄캄해. 웨이터, 웨이터, 목소리는 빛처럼 칠흑을 따라 번져 가는데, 웨이터는 없고, 목소리로만, 우리는 기다리고, 웨이터, 웨이터, 조금만 더 우리는 기다려도 되나요. 보이지 않는, 만져지지 않는 우리를, 우리가 찾아 돌아오도록, 웨이터, 웨이터, 부르면서 우리는, 웨이터, 웨이터, 다른 것이 될지도, 더 좋은 다른 것이, 될지도 모르죠.

—「Mass」 전문

---

* 희읍의 시에서 지칭되는 '우리'는 시적 화자 '나'와 대상이 되는 '너'일 수도 있겠지만, 시집을 읽는 내내 화자가 지칭하는 '우리'는 시집 바깥에서 희읍의 시를 읽고 있는 우리를 포함하여 말하고 있는 것이라는 생각을 지울 수 없었다. 이에 '나'와 '우리'를 나란히 표기한다.

기다리는 이를 부르며 그만큼이나 무언가를 기다리는 '우리'가 있다. '우리'가 기다리는 건 다른 무엇도 아닌 '우리'다. "보이지 않는, 만져지지 않는 우리"처럼 흐릿해져버린 존재를 다시 되찾으려는 마음으로 '우리'는 '우리'를 기다린다. 그런 기다림 사이 "다른 것이 될지도, 더 좋은 다른 것이, 될지도" 모른다는 작은 기대도 있다. "살을 발라내지도 않고 삼킨 것들이" 너무 많아서, "터널, 이라는 말이 생각"났을 때에는 "복도를 따라 달렸다"(「삼킨 것들」)는 튀어오르는 욕망도 확인하였다. 그리하여 "내일이 계속되는 거라고 해도 상관없는/오늘이 계속"(「얼룩 이야기」)되고는 있지만, '우리'를 찾기 위한 여정은 시작된다. 그 여정 속에서 지금껏 말들이 삼켜져야 했던 까닭과 실체 없이 떠도는 얼굴과 목소리에 대한 실마리를 발견할 수 있을 것이다. 그 실마리 끝에 '우리'가 찾던 '우리'가 있음이 분명하다. 하나의 덩어리Mass 속에서 발견되는 '우리'도 좋고, 다른 무엇이 된 '우리'도 좋을 것이다. '우리'를 찾는 가운데 열리는 입술 사이로 흩어지고 섞여드는 것들을 기대하는 마음으로 '읽는 우리'는 따라 걸을 수 있다.

발화 연습

걷고 또 걸어 도착한 '여기'는 어디인가. 시집의 2부와 3부에 해당하는 여정에서 화자는 줄곧 관찰자의 태도를 취한다. 어떤 사람을 발견했다고 한다면 발견의 순간부터 기록하는 식이다. 가령 "대기표를 손에 쥐고 사람이 서 있다"로 시작한 시는 "한자리에 계속해서 서 있"는 사람과 주변의 것들을 기록한다. "싸우는 사람"과 "기계", "버려진 도처의 종이 뭉치"가 언급되지만 특별할 것 없는 풍경이다. 「앉아 있는 사람」도 마찬가지다. "그가 앉아 있다"로 시작하여 "그리고 다시 소파로/그는 돌아와 앉아 있다"로 반복되는 행동을 하는 '그'에 대한 짧은 서술이다. 그런데 이 관찰에는 이전과는 다른 점이 있다. 대기표를 쥐고 서 있는 사람은 시의 말미에서 "이유 없이 밤새 우는 아이를 안은/창백하고 질긴 얼굴"(「서 있는 사람」)로 특정화된다. 앉아 있는 사람 역시 "슬픔이라곤 처음인 손님의 얼굴"이 되어 있는 것이다. '나'의 서술로 인해 특별할 것 없이 서 있는 사람과 앉아 있던 사람은 비로소 선명한 얼굴을 가진다. 다른 시편 역시 비슷하다. 「배낭이 된 남자」나 「도서관 사람」에서 화자는 각각 '남자'와 '그'를 관찰하며 그들의 궤적을 좇는다. "나뉘지 않는 하나의 그림자로 행간 같은 밤의 골목을 느릿느릿 더듬어 나아"가는 '남자'(「배낭이 된 남자」), "쿠션이 있는 검정 슬리퍼를 신고 처음부터 누런색인 목장갑을 끼고 책들 속으로" "다시 천천히 걸어 들어"가는 '그'(「도서관 사람」)의 뒤를 밟는 셈이다. 이처럼 어떤 존재를 발견하고 관찰하여, 그것을 기록되는 발화(詩)로 남겨두는 행위로 인해, 눈에 띄지 않던 이들의 얼굴은 선명하게 기억되고 그들의 시간은 사건이 된다. '우리'를 찾기 위한 시적 화자의 첫걸음은 이렇듯 자신의 시선으로 주위를 세밀하게 기록하는 것에서부터 시작된다. 그렇다면 또 한번 물을 수 있을 것이다. 그것이 가능한 '여기'는 어디인가?

　우리는 늘 반쯤 잠이 든 채로 말을 했다. 말을 하면서 언덕을 오르고 말을 하면서 주저앉았다가 말을 하면서 어딘가 먼 곳을 가리키기도 했다. (…) 알맞게 그을린 흰 공을 안고 흰 공을 쓰다듬고 흰 공을 빙빙 옆구리에서, 허벅지 속에서 돌리고 또 돌리며 우리는 말했다. 허밍같이, 하울링같이, 가늘고 길게 우리는 말을 이어 갔다. 무덤 위에서 뾰족한 발끝으로, 비가 오면 아름다울 조그만 웅덩이를 만들며, 꿈 안에서 영원히 끝나지 않을 것 같던 오줌을 누듯 우리는 말을 이

어갔다. 말들이 키스하는 공중, 그것을 어루만지듯 반
쯤 잠이 든 채로 우리는 말을 이어 갔다. 유년의 잃어
버린 비밀의 말이 아직 돌아오지 않았으므로. 밀려나
온 우리는 밀려나온 우리를 알아보았으므로.

— 「우리는 반쯤 잠이 든 채로」 부분

좀처럼 터져 나오지 않던 말들이 쏟아지는 세계는
반쯤은 잠에 걸쳐 있는 꿈의 세계다. "허밍같이, 하울
링같이, 가늘고 길게" '우리'에게서 흘러나오는 말들이
공중에서 뒤섞인다. 휘발되지 않고 끈끈하게, '나'의
말과 '너'의 말이 '우리'의 말이 되어 키스하듯 이어지
는 광경은 더없이 아름답다. '나'의 말은 더 이상 입속
에만 고여 있거나 혀끝에 닿지도 못한 채 삼켜야만 하
는 것이 아니다. 그것은 이제 '우리'의 이름으로 주고-
받음의 관계를 실현할 수 있는 말로서 현존한다. 말의
키스가 이루어지는 공간이 꿈이라는 점에서 이 세계
가 실현할 수 없는 욕망에 대한 현실의 방어기제로 느
껴질 수도 있을 테지만, 중요한 사실은 지금 꿈속에서
쏟아낸 말들로 인해 '나—우리'가 깨어나려는 시도를
한다는 것이다. "끝없이 이어지는 어둠의 한 끝을 바
라보며 노래를 이어 가는 일, 그건 얼마나 바보스럽고

또 얼마나 오래된 일인지를 생각하고"(「국경일 오후」),
이제 나는 생각하는 것에서 그치지 않고 행동한다. 꿈
에서 깨어나서도 입술을 열 준비가 되어 있다는 듯,
뱉을 수 없는 말은 삼키지도 않겠다는 듯. "마음에 드
는 돌멩이를 집어 들고 흐르는 물 쪽으로 갑니다./그
곳에서, 나는 쓰기 시작합니다."(「국경일 오후」)

일어서는 의자

눈을 뜬다. "긴 잠에서 깨어/다시 그 껌을 씹다 보
면/나는, 아주, 오래, 걸어 왔구나"(「목뼈들」). 인용한
시가 시인의 등단작임을 기억하다면, 다시 이 시로 돌
아오기까지 사실은 얼마나 오랜 걸음을 했던 것인지
를 실감할 수 있다. 그것은 '우리'가 현실에서 벌어지
고 있는 일들과 그간 삼켰던 말들을 기록하기 위해 돌
아온 시간들에 상응하는 것이기도 하다. 그도 그럴
것이 기나긴 꿈을 지나 만난 4부의 시들은 온전히 지
금-여기의 기억과 말로 구성되어 있다. 화자가 꿈속에
서 아주 오랫동안 발화 연습을 해 왔던 건 어쩌면 4부
의 이야기를 하기 위해서일 것이다. 정확히는, 해야만
하는 말을 하기 위해 자신의 언어를 되찾는 과정이었
다고 할 수 있다. 그렇다면 여기서 처음의 물음을 다

시 떠올릴 수도 있을 것 같다. 흐릿했던 얼굴들, 도리어 생생했던 목소리, 그 실체 없는 것들 앞에 설 때면 입을 떼지 못하고 말을 뱉어낼 수 없었던 까닭에 대해서 말이다. 4부의 시가 주저 없이 터져 나오는 직접적인 발화의 산물이라는 것을 기억할 때, 화자가 어떤 얼굴들 앞에서, 어떤 목소리가 들려올 때면 입을 다물어야 했던 이유는 그것들이 '우리'의 언어를 앗아가는 존재였기 때문이다. 그러므로 그들의 얼굴이 구체화되지 않고 특징적이지 않았던 까닭 역시도 자연스럽게 이해되는 것이다. 그것은 기억이 잘 나지 않아서도 아니고, 언어가 없었기 때문에 설명할 수 없던 것도 아니다. '우리'의 언어를 자신의 목소리로 지운 폭력의 얼굴, 그것은 쉽게 가시화되지 않는다. 끔찍하게도 그것은 우리의 도처에 이명처럼, 언제나 있다. 화자는 이제야 되찾은 자신의 언어로 그 얼굴을 다시금 발견하여 기록한다. "구체적인 얼굴을 상상한다/최선을 다해"(「붉은」). 이는 지워지는 얼굴을 시로써 몽타주하고 박제하는 셈이다. 당신의 행적만큼은 절대 지울 수 없다는 듯이. 그렇기에 이제 그에게 지금-여기의 풍경은 재발견해야 하는 사건들로 가득하다. 사람과 의자가 있는 장면마저도.

의자 위에 사람이 걸터앉는다.

당연하지.

아무 말 않는다.

내일의 날씨 이야기로 떠들썩하다.

사람이 의자를 밟고 선다.

뭐지?

말은 없다.

모든 게 다 제자리에 있거든.

사람이 갑자기 의자를 걷어찬다.

또 뭐지?

가던 길 간다.

가던 길 간다.

의자만 길게 도로를 나뒹군다.

아무 일도 일어나지 않은 것이다.

—「의자 이야기」 전문

이 시는 얼핏 "아무 일도 일어나지 않은 것"처럼 보인다. 사람의 입장에서는 그렇다. 그러나 이 시가 '의자 이야기'임을 기억한 채 다시 읽는다면 사건의 연속임을 알 수 있다. 첫 번째로 "의자 위에 사람이 걸터앉는다." 그것은 "당연"한 것이라 누구도 "아무 말 않"고 지나간다. 두 번째는 "사람이 의자를 밟고 선다." 누군가 "뭐지?" 하고 물음표를 띄우긴 하지만 "말은 없다." "모든 게 다 제자리에 있"기 때문에. 거듭되는 침묵과 방관은 세 번째 사건으로까지 이어진다. "사람이 갑자기 의자를 걷어찬다." "또 뭐지?" 싶지만 "가던 길"을 간다. "의자만 길게 도로를 나뒹"굴고 있다. "모든 게 다 제자리에 있"고, 의자만이 제자리에 있지 않은데도, "아무 일도 일어나지 않은 것이다." 의자라는 대상을 통해 은유적으로 말하고 있지만 이것이 단계를 더해 가는 폭력적 행위와 침묵하고 방관하는 시선을 꼬집기 위한 시라는 걸 눈치 채기란 어려운 일이 아니다.

이렇듯 화자가 사건화하는 장면은 우리로 하여금 무심코 지나쳤던 풍경을 다시 떠올리게 한다. 어떤 의자는 사람의 그런 행동이 자신에 대한 사랑인 줄로만 알았다. "누가 내게 고백을 한 적이 있다/사랑한다고 했고/그게 고백이라고 했다". 하지만 당신이 나를 사랑한다고 해서 그것이 의자를 함부로 대해도 된다는 말은 아니었다. "당신도 내게 사랑 어쩌고 한 적 있잖아"(「장래희망 달성 수기」). 물론, 의자가 당신을 사랑한다고 해서 그것이 나를 함부로 대해도 된다는 말도 아니었다. 또 어떤 의자는 이런 말을 듣기도 했다. "너는 죽은 거야/너는 이제 안 보이는 사람"이야. '나'의 보이지 않음을 강요하고 목소리는 사라졌다. "대답 대신 뭔가가 내 안으로 쑥 들어왔"고, "나를 흔들어댔다"(「죽음이 말하는 한 방식」). 얼굴은 보이지 않은 채, 목소리마저도 자취를 감춘 채 '나'를 죽은 이로 대하는 오만이 있었다. 그런 이들에 의해 의자는 점점 쌓여 갔다. "갈겨쓰듯 대충 하고 자취를 감춰버린 여자/그 타자기로 몇 명이나 꼬셨느냐 물으면서도 신음 하나는 끝내주던 너/'사랑해' 세 글자를 타자로 쳐서 보낸다면 한두 번쯤 더 만나줄 수도 있다 말하던 김칫국 그녀/우리 이야기 시로 써도 되냐 묻던 헛똑똑이 문학소녀/웃음 질질 흘리면서 끝까지 안 주던 스토킹 유발자/다 끝나버린 용수철 같던 그 늙은 년"(「인류 보편의 잡화상」). 착실히 늘려 나간 의자 목록을 써내려 가며 뿌듯해하는 자에게 희음의 시는 경쾌한 미소를 지어 보인다. 그리고 가볍게 돌려주는 것이다. 그것은 너의 트로피가 아니라 네가 사죄해야 하는 이들의 나열이라는 듯. 그가 내뱉은 저열한 비하의 말조차도 자신의 언어로 치환하여 사뿐히 말을 던져 보이는 여유도 있다.

구멍이 되려고 태어나신다
소리 나는 구멍이 되려고
조였다 풀었다 소리 나는 구멍이
부드럽고 미끄럽게 조였다 풀었다

제대로 죽여주겠다는 막대기를 오르내리며
바늘머리를 빼닮은 신념들이
'제대로'라는 오버사이즈를 걸치고
허락 없이 자꾸만 흘러 들어와서

구멍이 되려고 태어나신 구멍은
간지러워 죽는다

구멍이 되려고 태어나신 구멍은

도리가 없다
생으로부터 돌아서신다

죽음으로 생을 벅벅 긁으며
죽음이 낫구나,
죽음은 이렇게나 시원하구나!

—「맨스플레인」 전문

"구멍"이라는 멸시적 표현도 '나'에게는 조금의 해도 되지 않는다. 오히려 "구멍이 되려고 태어나신다"며 그것을 스스로 긍정해버림으로써 유유히 구멍을 자신의 것으로 만드는 셈이다. 화자가 긍정하는 "구멍"이란 수동적인 대상이 아니다. "소리 나는 구멍"으로 "부드럽고 미끄럽게 조였다 풀었다" 자신을 유동적으로 움직일 줄 아는 주체다. "제대로 죽여 주겠다는 막대기"의 "제대로"가 얼마나 터무니없는 허울인지를 제 몸으로 증명하는 "구멍"이다. 그것은 "너는 죽은 거야"(「죽음이 말하는 한 방식」)라는 비열한 속삭임에 더 이상 흔들리지 않는다. '나'의 상태가 '죽음'이라면 화자는 "죽음으로 생을 벅벅 긁으며/죽음이 낫구나,/죽음은 이렇게 시원하구나!" 하고 웃어 보이는 것이다. 막대기가 지나간 자리는 간지러운 느낌 정도에 불과하다는 듯 말이다. 말뿐만이 아니다. "길고 시원하게 오줌"(「죽음이 말하는 한 방식」)을 누는 것으로 '나'는 미미했던 자극을 조금도 남김없이 분출해버린다. 희음의 시가 읽는 이에게 선사하는 더없는 해방감이기도 하다.

　말들이 우글거리는 입속
　말들이 자라났다 사라지는 입속
　쉬이 죽었다가도

이내 다시 태어나는 말들의 붉은

입속은 그 스스로를 모르고
아무것도 모르고 있다고 말하고
축축한 속살로 스스로를 두르고

태어나라 꺼져라 다시 일어나라
말하지 않고 모르는 얼굴로
얼굴 없는 그 명징한 얼굴로

뜨거워졌다가 식었다가
밤과 낮과 시침 사이와
오후의 모든 틈들에 있다
저곳과 여기와 아무 데에

아무렇게나 주저앉은 듯
폭 넓은 치마와
치마와 치마와 치마와 치마

치마들은 마주 본다
들추지 않고
입속 깊이까지 줄 서 있는

말들을 향해 인사 건네는

도처의 치마 안쪽에서
지치지 않고
마중 나오는 눈빛들

한 줌의 낭비도 없이
공중에서 만나

무엇이 될지 아무도 모른다

—「치마와 치마와 치마와 치마」 전문

그러므로 이 시집의 마지막 시는 입을 열지 못하고, 발화 연습을 하고, 말을 쏟아내기까지의 과정을 모두 지켜본 '우리'에게 건네는 다정한 손길이다. 지금까지 읽는 것으로 화자에 공감하고, 그를 응원하는 마음을 가져 왔던 것이 우리의 몫이었다면 화자는 우리의 입 속에 고여 있는 "쉬이 죽었다가도/이내 다시 태어나는 말들"을 꺼내 보이기를 권유한다. "태어나라 꺼져라 다시 일어나라" 주문과도 같은 말을 건네며, 우리와 눈 맞추고자 하는 것이다. 비로소 완전한 '우리'가 되어,

"도처의 치마"가 되어 "지치지 않고/마중 나오는 눈빛"을 또 다른 이들에게 전해 주기를 바라며. 그렇게 마주친 눈에는 "한 줌의 낭비"도 없음은 분명하다. 공중에서 얽힌 눈빛과 맞대어진 치마와 치마와 치마와 치마가 있다. 이 단단한 결속을 가진 '우리'가 "무엇이 될지 아무도 모른다". 무엇이 될지는 모르지만 무엇이든 될 수 있는 입으로, 다시 일어난다.

치마들은 마주 본다 들추지 않고

2020년 10월 1일 1판 1쇄 펴냄

지은이   희음
펴낸이   김성규
책임편집   김은경 미순 조혜주
디자인   김동선
펴낸곳   걷는사람
주소   서울 마포구 월드컵로16길 51 서교자이빌 304호
전화   02 323 2602
팩스   02 323 2603
등록   2016년 11월 18일 제25100-2016-000083호

ISBN 979-11-89128-86-9 04810
ISBN 979-11-89128-01-2 (세트)

* 이 도서는 2020년도 아르코문학창작기금 지원사업에 선정되어 발간된 작품입니다.
* 이 책 내용의 전부 또는 일부를 재사용하려면 반드시 지은이와 출판사의 동의를
  얻어야 합니다.
* 잘못된 책은 교환해 드립니다.
* 이 책의 국립중앙도서관 출판시도서목록(CIP)은 서지정보유통지원시스템 홈페이지
  (http://www.seoji.nl.go.kr)와 국가자료공동목록시스템(http://www.nl.go.kr/kolisnet)에서
  이용할 수 있습니다. (CIP제어번호:2020040115)